Yasmin e Casim

um romance regado a poesia

Antônio Ferrerira

Composto na fonte
Goudy Old Style 12/14.
Miolo impresso sobre
papel Pólen 80 g/m²
e capa sobre
Couchê 300 g/m²
Sistema digital da
Marco Zero Editora.
<rafael.uemasul@gmail.com>
Imperatriz - MA
Agosto de 2021

Dados Internacionais de Catalogação na Publicação (CIP)

F383y

Ferreira, Antônio. Yasmin e Casim: um romance
regado a poesia/ Antônio Ferreira — Imperatriz:
Marco Zero, 2021.

44 p.; 15x 21 cm.

ISBN: 978-85-935464-9-5

1. Literatura brasileira. 2. Literatura. 3. Poesia
I. Título. II. Subtítulo

CDU B869.1

Dedico este romance aos
atuais e futuros leitores que
me ajudam a propagar meus
pensamentos e pontos de vista
sobre o romantismo e poesia.

Agradecimentos

Agradeço a minha musa inspiradora (embora a estória não tenha nada a ver com ela) e à minha família pelos cuidados de infância, aos meus amigos que me encorajam e a Deus pelo dom que eu mesmo só vim descobrir quando passei a escrever, em minhas redes sociais, mensagens de reflexões poéticas, crônicas e românticas.

Prefácio

Depois de escrever alguns livros de poesias, conto infantil e estudos relacionados à área da educação, o autor submete-se a invadir o submundo da prostituição, mas de uma forma que atenua e explica os sentimentos das garotas de programa; ademais, longe de tratar-se de um conto erótico ou de fazer apologia à prostituição.

Além disso, movido pelo desejo de absorver o máximo da cultura escrita e de estilos literários, procurei analisar a possibilidade de escrever um romance. Porém, a partir de que ponto? Daí, pensei: há um tabu em volta das garotas de programa, onde muitos desfrutam, mas não se interessam em conhecê-las de perto do ponto de vista social; como em todo ramo, há pessoas de bom e mau caráter. Porém, é importante desmistificar uma das profissões mais antigas do mundo.

Pensando na possibilidade, resolvi refletir nessa temática. Assim, o próximo passo seria descrever numa estória que não fosse prolixa às demais. Por isso, pensei: por que não falar do romantismo na prostituição? Por que não criar uma estória contundente e que ensine o leitor que cada ser humano tem sentimentos? Afinal, as garotas de programa também amam, mesmo que os interesses sexuais e financeiros sejam superiores ao amor.

Pensei e analisei o fato delas terem uma história de vida para contar. Por mais que elas tenham uma rotina diferente, elas são mulheres e amam ou já foram amadas.

Criei a Yasmin, que embora fosse do interior, tinha uma sexualidade muito aflorada, mesmo tendo um pai severo e que não permitiria uma conduta fora dos costumes tradicionais. Daí, criei um companheiro que pudesse corroborar com seus instintos. Dei o nome de Casim, abreviação de Casimiro. Casim é um nome diferente, mas o objetivo é destoar mesmo. Ele é um playboy, um bon vivant.

No meio do caminho, depois do afloramento de uma paixão, houve o distanciamento que a estória irá justificar. Houve tentativas de reaproximação entre ambos, porém o destino ainda não o queria.

Outro fator destoante é a poesia permeando as cenas de forma lúdica e sensível. Belos poemas podem fazer o leitor emocionar-se e querer saber a continuação da estória.

No meio da estória, Yasmin casa com outro homem e Casim com outra garota, idem. Mas, o amor de ambos nunca deixou de existir. A estória também é feita de ciúmes, tentativas de assassinatos e de surpresas para Casim. Enfim, é um romance diferente pela temática e pela forma abordada e discutida da estória.

Por isso, convido o leitor a ler esse livro composto por minha pessoa e ilustrado com desenhos feitos às mãos do artista visual Francineto Saraiva. Você irá conhecer um pouco dos sentimentos das garotas de programa, que também esperam um amor para chamá-lo de seu.

Do autor

Sumário

Yasmin e Casim, uma perigosa paixão

Em uma pequena cidade no Nordeste, havia uma linda menina chamada Yasmin, que era carismática e amava seus pais. Ela vivia numa cidade cheia de preconceitos e préjulgamentos e morava com seu pai José e sua mãe, Maria do Lar. Era uma família simples, porém, com bons recursos financeiros.

Ela sempre ia tomar banho com suas amigas, Letícia, Do Carmo e Sílvia em rios. Certa vez, uma das suas amigas apresentou alguns amigos, cujos nomes eram Johnatan, Marley e Casim. Os três eram bons rapazes, mas não trabalhavam e nem estudavam. Eram verdadeiros *playboys*. Foram tomar banho num rio próximo às suas casas. Houve uma amizade muito bonita entre todos, mas ela teve uma afeição maior por Casim.

Depois daquele banho, todos foram para um barzinho central da cidade. De tanta intimidade e brincadeiras, seus amigos os deixaram a sós. Logo, perceberam que estava rolando algo mais. Houve uma química muito grande entre o casal. Por outro lado, eles preferiram se preservar um pouco de paixões; mesmo assim, não foram embora sem pedirem antes o telefone um do outro primeiro. E assim, ocorreu o primeiro encontro de ambos.

Ao chegar em casa, e tomarem banho, começaram ambos a riram para as paredes. Ficaram pensando nas brincadeiras um do outro, porém ambos tentaram fingir que não havia nada de estranho. Continuaram vivendo suas vidas e o tempo passava-se e nenhum contato entre ambos. Contudo, não conseguiram se envolver com ninguém.

Depois de algum tempo, uma de suas amigas fez um churrasco e os convidou; porém, ambos mantiveram distância. À certa altura, depois de ambos beberem um pouco, aconteceu de Casim ficar incomodado com o assédio de um rapaz à Yasmin, e entrou no meio da conversa, dando-lhe um beijo no rosto e ficando no meio de ambos. O outro rapaz saiu de perto.

Yasmin sorriu e ficou bem vermelha pelo ato do rapaz. Ao mesmo tempo, não o rejeitou porque havia uma boa química entre ambos. Porém, como toda mulher, não transpareceu a vaidade do fato. Ela foi até ríspida e disse: "cara, você pensa que é o quê?" - Ao passo que ele, meio alterado pela bebida, disse: "Não gostei dele te xavecando". "Mas, não sou nada sua, meu amigo" - disse ela.

Chateado, disse, "Pois, tudo bem. Vou te deixar em paz". Ela imediatamente, disse: "Não, pera. Estava brincando" e o beijou na boca com muito carinho. Daquele dia em diante, as vidas dos dois seriam diferentes.

Não desgrudaram mais. Porém, nem tudo eram flores. No dia seguinte, marcaram um encontro para a noite sem que ninguém os vissem. E ao luar, aconteceu a primeira noite de amor do casal. Muito beijo, carícias e sexo gostoso.

Ao irem para casa, despediram-se e trocaram juras de amor. Ao chegar em casa, Casim fez uma linda poesia para sua amada em homenagem à sua noite de amor e mandou para sua amada junto com flores e uma caixa de bombons de chocolate.

Na noite de núpcias

Nas nossas núpcias me acalento,
no teu amor fogoso que me sustenta,
nos momentos excitantes
de amor e paixão
que fazem bater mais forte meu coração.

Nos beijos molhados que me extasiam,
nas carícias que desnudam tua pele com a minha,
nos teus delírios irrequietos
que me erige como um cetro.
Depois do sexo com amor:
mais amor, café na cama,
e descanso que nosso corpo clama.

Adormecidos, as horas passam,
amanhece o dia
e o sol por cima de nós não disfarça
sua inveja de não nos ter visto
numa noite de atos íntimos
cheia de emoção,
de sentimentos puros ou não;
mas, uma sensação de muita satisfação

Yasmin mais uma vez ficou toda serelepe e sorrindo para as paredes. Seu pai viu a carta, leu-a e chamou-a de prostituta por ter transado com um rapaz sem ser casada. E ainda ofendeu sua mulher que nem sabia, de os acobertarem. Imediatamente, fui para o bar beber e apostar; pois era viciado nas duas coisas, jogos e álcool. Por estar muito raivoso pelo ato que, para ele, era muito libertino, renegou-a como filha perante seus amigos que o caçoavam. Até que em determinado momento, depois de perder quase tudo, disse que apostaria tudo para reaver seus bens.

Os próprios jogadores advertiram-no e disseram:

— Cara, é melhor você parar com esse jogo.

Mas ele estava muito bêbado e chateado com tudo disse:

— Não tenho nada a perder. Minha vida está acabando e minha filha é puta.

Nisso, os olhares na mesa se cruzaram. Havia na mesa, uma dona de bordel ou cabaré. Esta, o fez uma proposta:

— Aposto 500.000 (quinhentos mil), e você aposta sua filha nessa próxima rodada. Se ganhar, você fica com sua filha e os 500 paus. Se perder, no entanto, sua filha será minha.

Alcoolizado, não pensou duas vezes e disse:

— Ah, minha filha vai gostar mesmo dessa vida. Porém, ele não estava numa noite feliz e perdeu a filha. Na hora, ele não soube o que estava fazendo.

Chegou em casa e bêbado, esbravejou:

— Tá aí, sua puta. Você não queria uma vida de luxúria? Você agora vai poder satisfazer seus desejos, sua prostituta. Você vai para um puteiro.

Yasmin chorou muito e disse:

— Você não poderia me vender. Eu não sou puta. Mãe, não deixe! Sua mãe, Maria, muito triste e chorosa, esbravejou e se ajoelhou diante do marido.

— José, meu bem, você não pode vender sua filha.

— Ah, eu não pensava que ia perder o jogo. Agora é tarde.

— Vamos vender a casa!

— Não, de modo algum! Ela já sabe como é que faz. Ela vive bem essa vida.

— Mas pai, eu só namoro com um homem. Nunca o desonrei.

— Agora é tarde. Eles já estão aí fora para te levarem.

As duas choraram muito. Elas chegaram a dizer uma pra outra.

— Minha filha, foge!

— Não, mãe. Meu pai não me ama. Não vou ficar na casa de um homem tão asqueroso. Yasmin lembrou de seu amor.

— Eu vou perder meu homem, minha mãe. Eu amo-o tanto. A gente estava bem e pensando em casar-se. Não tem como fugir, meu pai não permitiria. Além disso, ele já trouxe uns homens para me levarem para o bordel. Vou enfrentar meu destino. Nisso, ela compôs uma poesia para que sua mãe entregasse em secreto para seu amor, Casim, que dizia:

Na despedida do por vir

Na despedida do por vir,
da esperança do amanhã,
do recomeço do fim,
fizemos menção do amor,
fizemos com muito desejo e fervor.

Na volta do amanhã,
na vinda do passado,
não retornaremos ao futuro,
não haverá mais coloração das nossas maçãs.

Quem dera que a emoção voltasse,
que o amor ainda nos acalentasse,
seríamos felizes
se fôssemos bons aprendizes.

O futuro não retornará,
o passado não terá futuro.
Mas, o sentimento perdurará
de bons frutos, de belos erros,
ou de más situações
que vêm de nossos corações
embriagados por fortes emoções.

Depois disso, despediu-se de sua mãe muito revoltada, abraçou-a e foi embora para uma vida ultrajante. Ao seu pai, apenas meneou sua cabeça em sinal de negação.

Num outro dia, sua mãe entregou a poesia para Cásim e ele

a leu, mas incrédulo não compreendeu. A mãe de Yasmin disse, sem dar detalhes, que sua filha havia ido embora.

Ele esbravejou e se ajoelhou no chão. Passou alguns minutos sem reação e sem saber o que fazer. Daí, então, foi para sua casa e compôs a seguinte poesia melancólica e debochada, acreditando que havia sido abandonado por uma pessoa traiçoeira:

Não preciso de você

Não...não preciso de você.
Minhas noites em claro,
minhas preocupações contigo,
meu desejo de te ver
são só mais uma fase que vou esquecer

Claro que não preciso de você.
Posso viver tranquilo sem teus abraços,
sem teus afagos,
sem teus amassos,
e sem teu cheiro.
E pensar que você pode não está bem,
isso me deixa preocupado,
mas posso viver sem você.

Você pode viajar,
se divertir,
com um amigo lanchar;
mas se meu coração se partir,
não quer dizer
que não possa viver sem ti.

Posso lembrar de nossas graças,
de nossas brincadeiras,
de nossas asneiras.
Mesmo assim, posso viver sem você,
mesmo que meu coração,
por tua causa venha a morrer.

A partir daquele dia, ele ficava com as garotas apenas para satisfazerem-no, e às vezes, até para machucá-las emocionalmente.

Yasmin
numa vida de meretriz

No ínterim, quando tudo isso aconteceu, ele e ela tinham respectivamente, 16 e 15 anos de idade; ainda estavam na flor da juventude. Ela lá no bordel começou a escrever suas aflições em crônicas e poesias, de acordo com o sabor e dissabor do dia; geralmente mais dissabor do que sabor.

Certa vez, ela escreveu uma crônica poética que dizia a respeito da vida:

Eis o tempo

O tempo não apaga nossos amores, nossas raivas, nossos temores, nossas angústias, nossas vitórias, nossas derrotas e nossas lutas. O tempo apenas nos ajuda a esquecer que um dia já sofremos por coisas tão medíocres quanto àqueles que nos obstam durante o calor do ódio e da sombra da impunidade. Mas o tempo traz mudanças e cicatrizes na pele e no coração.

O tempo pode ser nosso melhor ou pior amigo ou inimigo. O tempo pode levar nossas fraquezas que nos impede de crescer, nos ensina a diferenciar quem é amigo do peito, amigo que nos aceitam como somos ou o zombador, fingidor, despeitado, interesseiro, tratante pelas costas, alguém que não entra e nem quer que outro entre.

O tempo é maravilhoso, apesar de ser tenebroso, pois nos dá o charme da maturidade e as dores do apodrecimento da carne. Não precisamos lutar contra o tempo, pois ele é o nosso maior aliado, amigo, encorajador, e nos diz quando é hora de esperar ou de lutar. Eis o tempo!

Essa foi sua reflexão acerca da vida depois de analisar a dura realidade da vida, onde nada poderia consolar ou reparar os erros dos outros sobre si a não ser o tempo.

Lá no bordel para enganar a justiça, fizeram um documento falso, onde possuía 18 anos; mas, os homens suspeitavam que ela fosse mais jovem.

Alguns anos depois, o destino trouxe-lhe "velhas novidades". Um de seus clientes era um homem de cerca de 30 anos e já conhecia bem como tratar as mulheres dos bordéis. A essa altura, ela já tinha 29 anos. Ele chegou por volta das 19h da noite; como foi ensinada a passar bastante tempo com seus clientes, aprendeu a ser insinuante, embora não tenha perdido sua essência, sua bondade. Contudo, sabia que poderia ser agredida, se não agisse como uma prostituta. Ensinaram a fumar e a beber. E assim, ela fez.

Usava uma máscara para dar ar de mistério. Assim, começou um diálogo com o rapaz:

— Oi, você mora aqui na cidade?

— Sim.

— É daqui de perto?

— Não. Você parece ter uns vinte e cinco anos, né?

— É quase. Tenho 29 anos.

— Você é de onde?

— Olha, prefiro não falar das minhas origens.

— (Insistindo) Ah, é? Como você veio parar aqui?

— Meu pai me vendeu para dona daqui.

— Mas, então...

— Olha, vamos mudar de assunto.

— Ok. Quanto é o programa?

— 500 reais

— Pois, vamos para o quarto?

— Sim.

No quarto, houve uma ótima química, mas para não se apaixonar, foi muito frívola e não cedeu aos desejos, além do que a transa lhe permitia. Logo depois, voltaram. Ele gostou muito de ter tido relações com ela, apesar dela não se ter entregue.

— Vou sempre vir aqui.

E isso fez. Esse rapaz não era ninguém menos, ninguém mais que Casim, seu antigo amor. Mais velho e de barba, e ela também um pouco mais encorpada, com maquiagem e máscara, semblante pesado. Pois, não havia alegria numa vida de escravidão, tristeza, saudade e rancor. Assim, era a vida de Yasmin. Ele também, havia perdido o amor e a esperança nas pessoas. Porém, nenhum dos dois se deu a conhecer por nome e suas feições já bem mudadas pelo tempo, camuflavam-lhes um do outro. Casim achou nela algo bem comum, só não soube relacionar a quem ou a quem. Yasmin também achou-o bem comum a alguma coisa ou a alguém, mas não soube decifrar. Só que tinha muitos clientes, e alguns e a humilhavam-na física e mentalmente. Então certa noite, antes de dormir cansada e sentindo-se um lixo, recitou um poema:

Como um pássaro

Queria eu ser um pássaro tão lindo,
tão silvestre,
tão escondido na liberdade extensa da natureza,
cumprir um ciclo com muita certeza;
certeza do que vem e do que vai
sem esperanças falsas,
sem vaidade

Queria entender
por que os pássaros e outros animais
são chamados de irracionais,
se somos nós que temos pensamentos letais
pensamentos de escravidão e de revolta
que pune o outro
por não deixar montar em suas costas.

Queria eu entender o porquê
que os pássaros têm na alma poesia
e o ser humano só teimosia.
Por que os pássaros cantam beleza
e o ser humano não nasce com essa destreza?

Por que os pássaros não se iludem
e nós os outros iludimos
e nos chateamos por que fomos iludidos?
Queria eu não saber de nada
porque também não saberia o que é maldade,
não sentiria no meu coração o que é incapacidade.

Não viveria em perplexidade,
seria inocente, apenas assoviar,
apenas cantaria
e um amor facilmente encantaria.

Casim foi uma segunda vez, mas Yasmin estava ocupada com outros clientes. Tentou passar mais tempo, mas não era noite para eles encontrarem-se; o destino não quis. Tentou ficar com outra, mas não fluiu. Preferia ir embora. Por outro lado, também ficou olhando para ele, mas não podia abandonar seus clientes.

Ele não desistiu e num outro dia, conseguiu conversar com ela. Disse que a conhecia de algum lugar, mas ela desconversou. Não queria falar de sua vida pessoal; no entanto, ao mesmo tempo, perguntou-o:

Yasmin: Você é casado?

Casim: Não, nunca consegui gostar de ninguém. Só gostei de uma menina na minha infância. Fui noivo depois dela, mas desisti, pois não tinha sentimento.

Yasmin: Você trabalha?

Casim: Não. Não tenho muito prazer em trabalhar e não terminei meus estudos.

Yasmin: Triste! um rapaz bonito, mas não tem objetivos. Se fosse eu, também não casaria com você. Isso calou fundo nele. Foi-lhe uma bofetada. Nessa noite, eles ficaram e sentiram que havia muita química. Fizeram alguns gestos de carícias que lembravam um do outro, mas não se deram a conhecer, o destino ainda não queria.

Depois dessa noite em que ela sentiu muito sentimento por ele, fez questão de investigar quem era aquele rapaz que mexia tanto com ela. Descobriu que ele era Casim, um famoso mulherengo da cidade de Monte Santo. Porém, não trabalhava e era um verdadeiro playboy sustentado pelos pais. Ela ficou com medo, primeiro por ser uma prostituta e ter vergonha de sua reação; e depois, também, pela sua fama de mulherengo e de playboy. Ficou com medo de sofrer com ele. Ela começou a negar-se a ficar com ele e a inventar desculpas ou esconder-se.

Numa certa noite seguinte àquela, um fazendeiro rico gostou dela, e disse que queria fazer um programa com a mesma. Combinaram tudo e subiram. Então, convidou-a para ser sua mulher, ou seja, pediu-a em casamento. Ela ficou em dúvida, pois nem conhecia a pessoa e ainda gostava muito de Casim. Pediu um tempo sem compromisso. E assim fez.

Nesse meio tempo, Casim voltou e desconfiou por que ela não o atendia mais e perguntou à uma colega de Yasmin sobre quem era realmente aquela mulher. A colega sem intenção de descobri-la, disse: "A Yasmin não está mais fazendo programa, não. Ela vai se casar". Imediatamente, mesmo sem saber que estava apaixonado e desconfiando de quem seria essa Yasmin, perguntou:

Casim: Você tem uma foto dessa Yasmin quando mais jovem?

Colega: Sim, por quê?

Casim: Posso vê-la sem ela saber?

Colega: Olha, não é muito correto, não.

Casim: Eu pago 200 reais.

Colega: Ok, vou buscá-la

Alguns minutos depois:

Colega: Tá aqui.

Casim: Puxa, é a minha Yasmin.

A partir daí, ficou de vigília até falar com ela. E chegou o dia de falar cara a cara com seu amor.

Casim: Por que você está se escondendo? O que foi que aconteceu que você me abandonou?

Yasmin: Eu não te abandonei. Foi meu pai que estava devendo e me apostou num jogo maldito e não deu tempo de falar com você.

Casim: Mas, ainda quero você; ainda te amo.

Yasmin: Também te amo, mas estou comprometida com um fazendeiro. E você não tem nada para me oferecer e nem sei se você vai conseguir ficar só comigo, pois você é conhecido como um mulherengo, não tem emprego e é sustentado pelos pais. Não quero sofrer.

Casim: Deixa eu te provar.

Yasmin: Melhor, não.

Ele a beijou à força, lembrando seus tempos de namorados e ela cedeu ao seu amor e dormiram mais uma vez como dois amantes. Transaram com todo sentimento de um casal de amantes e enamorados. Porém, ela estava decidida que ficaria com o fazendeiro por não sentir confiança nele.

Assim, que amanheceu o dia, deixou uma poesia para ele no quarto do motel o qual tinham ido e foi embora, dizendo:

Como uma tatuagem

Sinto em meu coração algo fixado,
algo que não sei explicar,

não sai jamais.
Talvez eu esqueça dela lá,
mas para sempre está marcado.
Como uma tatuagem, não pode ser removida,
pode até ser esquecida.
Porém, marcas que foram,
nunca mais deixarão de ser sentidas.

Como um sentimento intransponível,
algo muito mais que sensível,
talvez não provoque mais dor,
quiçá não provoque mais ardor.
Mas o que um dia foi fulgor,
jamais será apagada da vida:
uma marca que o coração carrega,
uma tatuagem que um sentimento revela.
Apenas fica o lamento
de falta de sabedoria
dos amantes que um dia
ou numa cra, foram enlouquecidos
por amor e paixão,
agora tem que vestir
uma outra realidade para esconder
algo tatuado em seu coração.

E ao final, disse:
Nunca deixarei de te amar,
mas não sinto que estejamos preparados
um para o outro.
Seu eterno amor, Yasmin.

Ele ficou desolado e passou alguns dias bebendo muito;
mas com o passar do tempo, conseguiu sobreviver.

Yasmin e Casim casam-se para esquecer o passado

Depois desse reencontro e recaída com Casim, ela resolveu aceitar o pedido de casamento do fazendeiro, mesmo sem conhecê-lo, apenas para dar uma boa vida para seu futuro filho e para sua mãe que não a via por muito tempo.

Porém, o que Yasmin não imaginava é que sua noite de amor com Casim a tinha engravidado; só que ao descobrir, ela preferiu esconder e tentou consumar o mais breve possível seu casamento para não transparecer o ato de fraqueza dos amantes.

Depois de alguns dias, Yasmin pediu ao noivo que a levasse até sua mãe. Assim ele fez. Sua mãe já era viúva e passava dificuldades por causa dos vícios do marido; tinha apenas um cãozinho de companhia. Ao chegar até sua mãe, se emocionaram bastante e conversaram:

Yasmin: Oh, minha mãe! Como tem sobrevivido?

Mãe: Oh, minha filha! Desde que seu pai morreu, tenho sobrevivido vendendo crochê e fazendo serviços domésticos nas casas de minhas amigas mais abastadas.

Ele deixou muitas dívidas e tomou-me tudo.

Yasmin: Esse tempo todo não esqueci nenhum momento da senhora.

Mãe: Também não, filha. Quem é esse senhor?

Yasmin: É meu noivo, Pedro. Vou me casar com ele.

Mãe: (com voz baixa) Você já esqueceu o Casim?

Yasmin: (com voz baixa) Não, minha mãe. Mas, eu estou grávida dele (Casim), e quero dar uma vida diferente para meu filho.

Mãe: E vocês voltaram? Como se encontram?

Yasmin: Ele me achou no bordel, onde trabalhei e não resisti a ele. Só que já estava prometida ao fazendeiro.

Mãe: Ok, minha filha. Vou lhe ajudar no que você precisar.

Yasmin: Vamos para nossa nova casa, mãe.

Até o dia do casamento, o novo casal não ficou junto. Finalmente, chegou a data do casamento por conveniência: ele para mostrar sua virilidade e ela para ter melhores condições de vida.

O casamento ocorreu segundo o desejo do casal e depois tiveram suas núpcias. Porém, ela não sentiu nada parecido com seu amado. Isso a frustrou bastante; conformou-se e viveram assim, mesmo sem sentimento. Logo, a barriga começou a crescer e Pedro, mesmo achando estranho, aceitou.

Depois de cumprir sua gestação, o menino nasceu muito diferente do seu suposto pai, o coronel Pedro.

Todavia, ele o recebeu com carinho e amor de pai. Do outro lado da estória, estava Casim, que por

um tempo sofreu, mas conseguiu esconder seus sentimentos. Além do mais, aprendeu a lição e terminou seus estudos e fez uma graduação superior: tornou-se advogado. Entrementes, aprendeu a gostar o suficiente de uma moça responsável; casaram-se, mas estava muito frustrado, pois a única gravidez que sua mulher tivera, perdeu-a. Tentaram muitos tratamentos de fertilização. Assim, ele não conseguirá realizar o desejo de ser pai.

Pensaram em adotar, mas viram que não conseguiriam superar o fato de não serem pais biológicos. Isso causou muita aversão no casal, tornando um casamento formal.

Ele nunca conseguiu fazer uma poesia de amor para ela, mas fez para si para refletir suas angústias.

Minha vida e meus amores

Meus amores e minha vida!
É árdua, eu sei que é cansativa.
Amores, nem sempre amor,
mas procuro amar com muito fervor.

É ele que nos faz sorrir,
nas minhas viagens sem destino certo,
sem saber pra onde ir, vou ao léu...
vou ao léu.
Para quem a vida mal conhece,
reconheço e vivo o que me apetece.

Sabendo que amores
são uma exalação do meu íntimo algoz
que me faz acreditar em flores,
sendo que a vida é feita só de nós
que se entrelaçam e me cegam...
que me cegam.

Vida cheia de males que me ofuscam,
que me faz descobrir sua face erma
através dos enganos e tropeços em si mesma.
Amores que reverberam,
egos que um ao outro se dilaceram...
um ao outro se dilaceram

Já amei e chorei por alguém,
já aprendi que o amor é uma exalação...
uma exalação de mim mesmo;
quanto que emite,
sobre o que sinto,
sobre tudo que meu coração
deseja por dentro...
deseja por dentro.

Não vou mais amar, a menos que...
o amor me ame de todo seu coração,
não vou mais sofrer decepção,
não vou mais dobrar meus joelhos
nem ceder lugar a uma mera paixão...
uma mera paixão...
sim, uma mera paixão.

Ao mesmo tempo que não tinha uma boa vida familiar, nem um filho, parou de galinhagem; e embora não amasse sua esposa, tornou-se fiel, dedicando-se ao seu trabalho como jurista.

Além disso, junto à sua carreira, estimulava ações sociais com crianças abandonadas por meio de amparos legais com o conselho tutelar de sua cidade. Isso ajudava-o a esquecer suas mágoas e o fato de não ter filhos.

Ademais, certa vez, em uma de suas viagens, viu Yasmin, sua mãe, o fazendeiro e o menino dela. Isso bateu uma mágoa profunda nele, deixando-o ressentido, pois, era o sonho dele casar-se e ter filho com ela.

Ao mesmo tempo, também o viu, baixou os óculos escuros dela e bateu um desespero nela, pois estava casada com outro homem que não amava.

Os dois, sendo poetas, compuseram um poema cada um do seu ponto de vista acerca do relacionamento. Ela escreveu:

Quando estávamos juntos

Quando estávamos juntos,
éramos amor e paixão,
aventura e curtição,
razão e emoção,
afago e carícias,
primazia e primícias.

Hoje, mesmo sem nos ver,
mesmo sem do outro saber,
queremos ser ainda praia e sol,
óculos e guarda-sol,
cama e lençol,
prece e louvor,
saúde e vigor,
fervor e amor.

Infelizmente te perdi.
Não mais te vi.
Hoje somos chuva e sol,
frio e calor,
primavera e verão,
amargor e perdão.

Não nos encontramos mais,
não somos mais um só coração,
Queria recitar a dor,
mas prefiro te mostrar em meus olhos,
na minha insônia atroz,
no meu andar solitário,
no amor que pra mim é algo só imaginário.

Ele por sua vez:

Escondendo minhas lágrimas na chuva

Como eu desejaria esquecer quem sou,
tentar esquecer que você é minha pele,
tentar esquecer que sem você, eu já era.
Como eu queria ter escolhido viver com ela,
quem seria eu na terra dos mortais,
se não qualquer um a mais?

Na chuva até, eu escondo minhas lágrimas no relento,
procuro olhar minha cara de tristeza,
assim eu tento.
Procuro esconder o meu coração a bater,
quem sabe um dia eu não precisarei,
vou desaparecer.

Vou esquecer que qualquer dia amei e não correspondeu.
Vou tentando caminhar na chuva,
esquecendo deste fato:
que só o seu corpo eu tive,
sua alma nem por um instante.

Fui feliz enquanto não sabia com nosso amor relaxante.
Percebi que você não tinha amor;
pois, com outro, se foi.

Na chuva até, eu escondo minhas lágrimas no relento.
Procuro olhar minha cara de tristeza, assim eu tento.
Procuro esconder o meu coração a bater,

quem sabe um dia eu não precisarei,
vou desaparecer.
Minhas lágrimas não lembrarei,
e você será um aprendizado,
que quero e vou esquecer.
Vou esquecer que qualquer dia amei e
não correspondi.

Minhas lágrimas não lembrarei,
e você será um aprendizado
que quero e vou esquecer.
Vou esquecer que qualquer dia amei
e não correspondeu.

Seu marido, Pedro, percebeu que ela olhou fixamente para
Casim na rua e resolveu perguntar-lhe se o conhecia:

Pedro: Quem era aquele rapaz que você olhou e ficou perturbada?

Yasmin: Que rapaz? Não vi ninguém.

Pedro: Não se faça de besta, que vi você olhando para aquele rapaz.

Nisso, ela continuou a desconversar. Por outro lado, ele deixou quieto, mas ficou encafifado. Resolveu então bisbilhotar nos seus diários sem ela perceber; só que o diário era chaveado. Assim, ele comprou uma chave mestra e o abriu. Detectou-se o que ele já desconfiava. Ela nunca esqueceu um amor do passado e pior, viu suas poesias, inclusive a última supracitada. Entrou em cólera e exigiu satisfação.

Pedro: Que diabos é esse diário cheio de poeminhas de amor?

Yasmin: (chorando) Você não devia fazer isso. Isso é confidencial. Para isso que tem chaves. Pedro: Você não está me respeitando.

Yasmin: Estou respeitando você sim, não o vi mais.

Pedro: Vou queimar esse diariozinho seu pra você nunca mais me desrespeitar.

Quando ele estava o queimando, ela sentiu que toda sua alma estava sendo queimada, pois um poeta ou poetisa faz poesia com sua alma. Ela subiu em cima dele e, por ser mais forte, a agrediu. Seu menino de 10 anos escutou tudo, mas ficou chorando no canto.

Resolveu se separar e ainda denunciá-lo por agressão. Porém, ao chegar lá na delegacia ouviu algo muito corriqueiro. Delegado: Não podemos fazer nada. Vocês denunciam seus maridos e depois voltam para eles; contudo, vou registrar o seu B.O.

Só que estava decidida e resolveu procurar um advogado. Foi procurar o único advogado de causas familiares da sua região. Chegando na cidade noutra cidade da região, disseram:

— Olha só: temos um advogado na área da família. Ele tem cerca de 40 anos e pouco tempo de advocacia.

— Pois me deem o número dele, por favor!

— Está aqui.

Ela, imediatamente, ligou para o advogado:

— Alô, é o advogado Gonçalves?

— Bom dia, Dr. Gonçalves à sua disposição.

— Preciso de um atendimento. Quero me separar do meu esposo e ficar com a guarda do meu filho, Lucas.

— Vamos marcar uma consulta para daqui a pouco às 15h, ok?

— Sim, marcado.

Mais tarde, ele chegou e esperou a cliente. Pouco depois ela chegou de óculos escuros e morena muito linda e elegante, já refeita fisicamente da vida anterior. Quando ambos se viram, perceberam que eram amantes de outrora. Ficaram trêmulos.

Yasmin: O que está fazendo aqui?

Casim: Eu sou o advogado Gonçalves, Casimiro Gonçalves.

Yasmin: Pois, sou a cliente que quer separar-se.

Casim: É uma pena nos encontrarmos numa situação dessas.

Yasmin: Pois é. Parabéns por ter vencido na vida.

Casim: Acho que foi sua negativa de ficar comigo que me despertou.

Yasmin: Você está casado pelo visto.

Casim: Sim, sou casado.

Yasmin: Que bom que você está feliz.

Casim: (Coçando a cabeça) É, estamos bem.

Yasmin: Bem, mas meu problema é que eu quero me separar do meu marido. Casim: A que se deveu ao fato?

Yasmin: Bem, é... Olha, acho melhor eu pensar um pouco mais. Foi um prazer te rever.

Casim: Prazer é o meu.

Não quis contar que a causa da briga tinha sido o diário falando do seu amor por ele. Ao chegar em casa, ficou um pouco triste por não poder se separar naquele momento, mas feliz por ter visto seu antigo amor. Imediatamente, fez um poema recitando o momento:

Amor e paixão

No riso prepara-se para aquela hora.
Quando te vejo na sua sensualidade atrevida,
quando sinto que está toda prosa,
vejo seus olhos cintilantes
de alguém insinuante.

Sinto seu quadril perfeito,
seu cruel arrebitar,
querendo maltratar meu coração
que não ver a hora chegar.

Vejo seu corpo flamejar,
seus lábios carnudos se mordiscar,
seus peitos paixão gritarem.
Na hora da paixão,
dos desejos saltitar,
da loucura se replicar,
sinto seu corpo aos delírios se entregar.

Paixão e sedução,
amor e contemplação,
ação e reação,
erros reconhecerá nossa devoção.

Ele também não deixou por menos. Fez uma linda poesia para sua amada.

Minha Julieta

Por que nosso amor é tão difícil?
Por que minha alma por ti, clama?
Por que o mundo não nos entende?
E nosso amor não conclama?

Por que minha Julieta nossa união não se faz?
Nosso amor não se eterniza?
E nossos inimigos nos infernizam?

Amor, amor, doce Julieta
Ensina-me os obstáculos vencer
e fazer-me uma pessoa direita.

Mel, mel, meu mel!
Por que temos que passar por tantas provas?
Tanto caos?
Será que não podemos em vida, ter o céu?

Ao voltar para casa, disfarçou sua felicidade por ter revisto seu amor e por ter reacendido sua paixão. Não iria mais falar em divórcio por um tempo até saber o que fazer da vida.

Casim, por outro lado, também ficou extasiado. Todavia, não conseguiu disfarçar e sua esposa desconfiou e perguntou.

Esposa: Que cara de alegria é essa, Casim?

Casim: Foi um processo que demos bastante andamento.

Esposa: Hum... Sei. Vamos para pizzaria hoje?

Casim: Ah, não. Estou meio cansado.

Esposa: Você não me engana, Casim.

Casim: O que foi, mulher?

No outro dia, ligou para ele novamente, e pediu um encontro informal, só que às escondidas; pois seu marido não poderia saber.

Yasmin: Olha, eu não posso falar de divórcio agora. Mas poderia conversar com você? Só que em segredo, pois meu marido me mataria.

Casim: (disfarçando, pois, sua esposa estava perto) Ok. Pode ser José. Amanhã, vamos tomar umas cervejas lá naquele bar.

Yasmin: Ok, entendi. Tchau.

No outro dia, se viram no bar onde costumavam sair para beber. E o passado veio à tona.

Casim: O que foi que aconteceu de verdade?

Yasmin: Bem... naquele tempo, meu pai perdeu no jogo e já estava me odiando por termos ficado. Então, me vendeu, e não deu tempo de te avisar. Sofri muito por ter me tornado prostituta.

Casim: Mas, por que você não me quis naquela época no bordel?

Yasmin: Você era galinha, desempregada e não queria estudar nem trabalhar, apesar da idade. Então, para não passar necessidade ou depender dos seus pais, casei com o Pedro, o fazendeiro.

Casim: Mas, você ainda gosta de mim?

Yasmin: (Fazendo doce) Não sei... deixa eu ver.

Casim: (Aos risos e carinhosamente) Nega safada.

Os dois se beijaram ternamente. E resolveram sair dali para um motel. E isso aconteceu várias vezes, até um dia que Pedro desconfiou de suas saídas furtivas e colocou um espião na sua cola. Descobrindo-os, resolveu ir embora e sequestrar o filho; levou-o para São Paulo. Começava aí mais um inferno na vida de Yasmin.

A fuga de Pedro com o filho de Yasmin

Ao chegar em casa, soube, por meio de sua mãe, que seu marido havia descoberto sua traição. Yasmin pediu ajuda de Casim para encontrar o filho dela. Até que um dia, o filho dela às mãos de Pedro adoeceu. Pedro cuidou bem e levou-o para o hospital para fazer exames. Foi detectado que o menino além de estar deprimido por causa da ausência da mãe, também estava com leucemia.

Pedro na mesma hora, se ofereceu para doar a medula. Para isso, deveria fazer testes para ver a compatibilidade. E foi aí, que ele descobriu que não era nem compatível, nem pai biológico do menino. Ao fazer o teste sanguíneo, o médico pediu para conversar com ele.

Médico: Seu Pedro, infelizmente o senhor não é compatível para doador de medula para seu filho

Pedro: Mas, como isso é possível, Doutor? Sou pai dele!

Médico: (O médico cabisbaixo): Senhor Pedro, tenho que informá-lo, mas você não é o pai biológico de Lucas. Os exames apontaram incompatibilidade parental. No mesmo momento, chorou e esbravejou:

Pedro: Aquela ordinária! Eu sabia que tinha algo errado desde o dia do casamento e até mesmo com o menino. Ele não se parece nem um pouco comigo. Mas eu o amo, e ele vai ser meu filho para sempre. O que é necessário para conseguir um doador compatível?

Médico: Senhor, a solução mais rápida é procurar o pai biológico da criança.

Pedro: Muito obrigado, Dr.; vou perguntar àquela desgraçada.

Em seguida a isso, ligou para Yasmin:

Pedro: Sua miserável! Por que você não avisou que estava grávida na época que nos casamos? Sabia que você estava diferente. Nosso filho está doente e precisa de um doador de medula.

Ela do outro lado, entrou em choque. O telefone caiu das suas mãos e ficou atônita.

Nesse momento, estava com sua mãe e ajudou-a a recobrar os sentidos. Então, pegou o telefone e disse:

Yasmin (chorosa): Eu não podia. Eu queria dar uma vida melhor para meu filho.

Pedro: Quem é o pai biológico, cachorra?

Yasmin: O pai é Casim, meu primeiro e único amor.

Pedro: O menino está precisando de doação de medula.

Venha ver se ele é compatível!

Yasmin: Onde você está para gente ir até você?

Pedro: Estou no hospital São Pedro em São Paulo.

Yasmin: Vou falar pro Casim que ele é o pai biológico e vou levá-lo aí.

Nisso, Pedro foi pro banheiro. Olhou pro espelho com cara de raiva e prometeu para si mesmo matar os dois assim que tivesse o filho fora de risco e fugisse com ele.

Aí entra outro problema. Como avisar para o coitado de Casim que sofreu a vida inteira sem saber que tinha filho?

Como era costume deles retratar belos momentos em poesia, fez um poema para seu amado preparando-o para notícia que
poderia ser alegre, mas ao mesmo tempo chocante:

Te apresentando o fruto do nosso amor

Lembra daquele momento sublime
que nos extasiamos?
Que nos tornamos um?

Pois dali, surgiu algo entre nós em comum:
é um fruto que amo e você vai amá-lo mais que tudo.
É o fruto do nosso ventre. Um filho se nos deu

e para nosso futuro, uma semente.
Meu amor, te amo,

mas não te contei.
Tive medo e com essa notícia não te acalentei.
É o nosso filho, o unigênito,
é nosso único,
é nosso firmamento.
Aceita minhas desculpas, meu amor!
Pois, na época fraquejei,
e esse alento não te dei.

Ele por sua vez, baixou sua cabeça, tremendo; e escorrendo
lágrimas, escreveu os seguintes versos pedindo atenção a ela:

Nesse momento em transe,
numa situação lisonjeante,
embora lancinante,
Pois, por medo e desconfiança,
escondeu-me nosso fruto, nossa herança.

Estou estupefato com tal notícia,
parece uma estória fictícia.
Mas te agradeço por esse momento
em que cambaleio em meus pensamentos.
Te amo apesar de tudo.
Se eu te queria antes,
agora, te imagino como minha noiva triunfante,
ao lado do meu unigênito,
o meu firmamento.

Abraçaram-se ternamente e choraram. Foi um momento feliz depois de muito choro e sofrimento para ambos.

Porém, ele tinha que falar para sua esposa, Tina. Ao chegar em casa, pediu para conversar com ela. Ela já ficou grilada.

Esposa: (Em tom de ironia) O que você deseja, meu bem?

Casim: Tina, nós nunca nos amamos de verdade, infelizmente. Eu nunca esqueci minha primeira namorada. E há um tempo atrás eu a revi, e sem querer, acabamos por gerar um filho que só soube hoje que era meu. E ele precisa de mim e quero viver com ela também. Acalme-se, querida!

Esposa: (Furiosa) Seu traíra! Você me traiu esse tempo todo?

Casim: Não. Na época não nos conhecíamos.

Esposa: Seu infeliz! Mas quer me deixar. Você nunca me amou.

Casim: É verdade. Todavia, sempre te respeitei.

Esposa (gritando): Vai embora! Não quero mais te ver. Essa casa é minha.

Ele precisava fazer isso para ser feliz com seu antigo amor. Depois disso, ela se ajoelhou ao chão e chorou muito e de repente quebrou a mesa de vidro.

Passado esse primeiro sufoco, viajaram para São Paulo para encontrar seu filho. Chegando lá, encararam Pedro muito zangado e fulminamos com um olhar lancinante. Casim cumprimentou Pedro, mas o mesmo não o fez. Pediu para fazer o teste de compatibilidade. Levaram-no para coletar material e em pouco tempo, foi averiguado a positividade.

Em seguida, fizeram o transplante no menino. Depois de acordado o menino, Casim conversou com ele, explicando sua paternidade, e ressaltando os motivos que o levaram a não estar com ele aquele tempo todo junto com sua mãe e houve uma afetividade positiva no primeiro encontro. Nesse meio tempo, Pedro sempre os evitou e planejava uma forma de matá-los. Foi quando o menino entrou em alta, que os viu pelas costas. Pegou sua arma e disparou dois tiros, um em Casim e outro em Yasmin. O segurança do local no mesmo momento, atirou em revide em Pedro, alvejando-o em cheio. Ele morreu na mesma hora. Casim e Yasmin foram socorridos imediatamente e levaram-nos para CTI, e graças ao destino, pegou apenas de raspão.

Em pouco tempo, estavam de pé e puderam marcar finalmente o casamento. Assim, puderam ter uma vida feliz que planejavam desde adolescentes. O menino Lucas, por sua vez, seguiu o bom exemplo de Casim e na idade apropriada fez exame na OAB e ao mesmo tempo, tornou-se poeta de instigantes e lindas poesias.

A ntônio Ferreira: professor graduado e especialista em letras/inglês, poeta, letrista(várias composições em parcerias), membro da Academia Piauiense de Poesias e da Academia Independente de Letras(Ordem Scripitorium), romancista, com obras publicadas fisicamente e em e-book na Amazon. Participação atualmente em várias revistas e antologias de literatura a nível nacional, por meio de concursos literários ou por critérios de qualidade, dos quais, alguns com nota máxima; além de jornais impressos.

Obras correlatas

* Malubu encontra-se em e-book kindle na Amazon

*Poesia Na Alma encontra-se em e-book kindle na Amazon

* Crônicas E Poemas Reflexivos encontra-se em e-book kindle na Livraria Saraiva e em formato físico no site da Editora Fontinele, Lojas Americanas e Shoptime.

* Poesias Reflexivas encontra-se na Livraria Saraiva